적규묘지
앞에서

구상 시인의
전쟁과 평화의 시

# 적군묘지
# 앞에서

# 평화와 사랑의 도자渡者

올해는 구상 시인의 선종 20주기가 되는 해입니다. 알려진 바와 같이 구상 선생은 신앙과 인간에 대한 깊은 성찰을 통한 구도적 시각으로 문학의 보편적 가치를 추구하고자 했습니다.

선생의 삶과 문학은 전인적 인간애와 평화를 지향했습니다. 이는 헤르만 헤세가 강을 통하여 싯달타에게 인간의 고뇌와 지혜를 말하고자 한 것처럼, 구상 시인 또한 강을 통하여 성자 그리스도 폴의 사랑을 표현하고자 했습니다. 싯달타나 그리스도 폴이나 이들은 우리가 건너야 할 무엇인가를 건너게 해주는 도자(渡子)들입니다. 자비와 사랑의 뱃사공들인 것입니다.

구상 선생 선종 20주기를 맞아 구상문학관이 있는 왜
관에는 '구상-이중섭 우정의 거리'가 조성되고, 선생
이 생전 산책하고 사색하던 여의도 한강변에는 서울
시 명예 도로인 '구상시인길'이 열려 시인과 시민들
이 언제든지 만날 수 있게 되었습니다. 시인의 영예
이자 한국문학의 상징성을 말한다 하겠습니다. 시인
은 가도 문학은 영원합니다.

(사)구상선생기념사업회 회장

이상국

# 모과 옹두리에도 사연이 · 100

시방 세계는 짙은 어둠에 덮여 있다.
그 칠흑 속 지구의 이곳저곳에서는
구급을 호소하는 비상경보가 들려온다.

온 세상이 문명의 이기(利器)로 차 있고
자유에 취한 사상들이 서로 다투어
매미와 개구리들처럼 요란을 떨지만
세계는 마치 나침반이 고장난 배처럼
중심도 방향도 잃고 흔들리고 있다.

한편 이 속에서도 태평을 누린달까?
황금 송아지를 만들어 섬기는 무리들이
사기와 도박과 승부와 향락에 취해서
이 전율할 밤을 한껏 탐닉하고 있다.

6

내가 이 속에서 할 수 있는 일은
무엇일까?
저들에게 새 십계명은 무엇일까?
아니, 새 것이 있을 리가 없고

바로 그 십계판을 누가 어떻게
던져야 하는가?

여기에 이르면 판단정지!
오직 전능과 무한량한 자비에
맡기고 빌 뿐이다.

# 차 례

**발간사** _ 이상국                                                    4

**서시** _ 모과 옹두리에도 사연이 · 100                                6

## 1부                                          초토의 시

초토의 시 · 1                                                         12

초토의 시 · 4                                                         14

초토의 시 · 8 — 적군묘지 앞에서                                       15

초토의 시 · 9                                                         17

초토의 시 · 12                                                        19

초토의 시 · 13 — 송영보(送迎譜)                                       20

초토의 시 · 15                                                        22

## 2부                           모과 옹두리에도 사연이

모과 옹두리에도 사연이 · 26                                           26

모과 옹두리에도 사연이 · 27                                           28

모과 옹두리에도 사연이 · 28                                           30

모과 옹두리에도 사연이 · 29                                           32

모과 옹두리에도 사연이 · 30                                           33

모과 옹두리에도 사연이 · 31                                           35

모과 옹두리에도 사연이 · 32                                           37

모과 옹두리에도 사연이 · 33          39

모과 옹두리에도 사연이 · 34          41

모과 옹두리에도 사연이 · 35          43

모과 옹두리에도 사연이 · 36          45

모과 옹두리에도 사연이 · 37          47

모과 옹두리에도 사연이 · 38          50

모과 옹두리에도 사연이 · 39          52

모과 옹두리에도 사연이 · 40          56

모과 옹두리에도 사연이 · 41          59

모과 옹두리에도 사연이 · 42          61

모과 옹두리에도 사연이 · 43          62

모과 옹두리에도 사연이 · 44          63

모과 옹두리에도 사연이 · 45          65

모과 옹두리에도 사연이 · 71          67

모과 옹두리에도 사연이 · 72          71

**3부**          그 밖의 연작시와 단시

밭 일기 · 2          74

밭 일기 · 45          76

까마귀 · 7          79

까마귀 · 11          80

그리스도 폴의 강 · 32          82

그리스도 폴의 강 · 65                    84

꽃자리                                    87

입버릇                                    88

발현發顯                                   90

발길에 차인 돌멩이와 어리석은 사나이와        92

고모역顧母驛                                95

송악松嶽 OP에서                            96


**종시 _ 창세기의 재음미**                   98

**작품해설_ 김재홍 '생성'과 '긍정'의 비대립적 시 세계**   101


**구상 시인 연보**                          126

**저작 연보**                              128

**1부**

# 초토의 시

## 초토의 시 · 1

판잣집 유리딱지에
아이들 얼굴이
불타는 해바라기마냥 걸려 있다.

내려 쪼이던 햇발이 눈부시어 돌아선다.
나도 돌아선다.
울상이 된 그림자 나의 뒤를 따른다.

어느 접어든 골목에서 걸음을 멈춘다.
잿더미가 소복한 울타리에
개나리가 망울졌다.

저기 언덕을 내려 달리는
소녀의 미소엔 앞니가 빠져
죄 하나도 없다.

나는 술 취한 듯 흥그러워진다.
그림자 웃으며 앞장을 선다.

# 초토의 시 · 4

대낮부터 한잔들 어울려 곤드레가 된 프로페서 H군의 뒤범벅인 이야기가

— 인류는 이미 자멸의 공포와 절망 속에 떨고 있다.

이쯤 나오자 일행, S기자와 나는 그를 부축해 어깨동무하고 나선다.

뒤이어 한 목로에서 연방 들이마시던 막벌이꾼패도 같은 행길 위에 갈지자(之字)를 놓는다.

서산에는 아직도 태양이 빨가장이 타고 있는데

이 눈물 나는 족속들은 땅으로 땅으로 떨어져만 가는 고개를 뒤틀어 제껴 보았댔자

머리로 가슴속으로 스미어 드는 짙은 어둠은

마치 먹 풀은 하늘 울타리에 호박뎅이가 걸린 양만 보여 웬수로다.

인류는 요모양으로 우주(宇宙)보다 먼저 밤을 장만하는지야.

# 초토의 시 · 8
— 적군묘지 앞에서


오호, 여기 줄지어 누웠는 넋들은
눈도 감지 못하였겠구나.

어제까지 너희의 목숨을 겨눠
방아쇠를 당기던 우리의 그 손으로
썩어 문드러진 살덩이와 뼈를 추려
그래도 양지 바른 두메를 골라
고이 파묻어 떼마저 입혔거니
죽음은 이렇듯 미움보다도 사랑보다도
더욱 신비스러운 것이로다.

이곳서 나와 너희의 넋들이
돌아가야 할 고향 땅은 30리면
가로막히고
무주공산(無主空山)의 적막만이
천만 근 나의 가슴을 억누르는데
살아서는 너희가 나와

미움으로 맺혔건만
이제는 오히려 너희의
풀지 못한 원한이
나의 바람 속에 깃들어 있도다.

손에 닿을 듯한 봄 하늘에
구름은 무심히도
북으로 흘러가고
어디서 울려오는 포성(砲聲) 몇 발
나는 그만 이 은원(恩怨)의 무덤 앞에
목놓아 버린다.

---

\* 적군  여기서 적군은 북한 공산군을 가리킨다.

# 초토의 시·9

땅이 꺼지는 이 요란 속에서도
언제나 당신의 속삭임에
귀 기울이게 하옵소서.

내 눈을 스쳐가는 허깨비와 무지개가
당신 빛으로 스러지게 하옵소서.

부끄러운 이 알몸을 가리울
풀잎 하나 주옵소서.

나의 노래는 당신의 사랑입니다.
당신의 이름이 내 혀를 닳게 하옵소서.

저기 다가오는 불장마 속에서
노아의 배를 타게 하옵소서.

그러나 저기 꽃잎모양 스러져 가는
어린 양들과 한가지로 있게 하옵소서.

## 초토의 시 · 12

　어둡다구요. 아주 캄캄해 못 살겠다구요. 무엇이 어떻게 어둡습니까. 그래 그대는 밝은 빛을 보았습니까. 아니 생각이라도 하여 보았습니까. 빛의 밝음을 꿈꿔도 안 보고 어둡다 소리소리 지르십니까. 설령 그대가 낮과 밤의 명암(明暗)에서 광명과 암흑을 헤아린다 칩시다. 그럴 양이면 아침의 먼동과 저녁 노을엔 어찌 무심하십니까. 보다 빛과 어둠이 엇갈리는 사정은 노상 잊으십니까. 되레 어둠 뒤에 가리운 빛, 빛 뒤에 가리운 어둠의 의미를 깨치셔야 하지 않겠습니까. 그제사 정말 암흑이 두려워지고 광명을 바라게 될 것이지, 건성으로 눈감고 어둡다 어둡다 소동을 일으킬 것이 아니라 또 건성으로 광명을 바라고 기다릴 것이 아니라 진정 먼저 빛과 어둠의 얼굴을 마주 쳐다봅시다. 빛 속에서 어둠이 스러질 때까지.

# 초토의 시 · 13
— 송영보(送迎譜)


나 너를 보내노라.
찢어져 피묻은 가슴
조각조각 흔들어
나 너를 보내노라.


이제사 나 너 세월에게
청춘의 바램은커녕
아쉬움도 모르는 체
눈 뒤집혀만 가는 이 거리에
그저 심심히 서서
너를 세월이라고 보내노라.


나 너를 맞노라
찢어져 피묻은 가슴
조각조각 흔들어
나 너를 맞노라.
여기는 나의 원수와

원수를 기르는 벗들이
마주 서는 곳
네가 나를 탓하지 않듯이
나도 너를 탓하지 않고
너를 세월이라고 맞노라.

## 초토의 시·15

눈덩이가 구을 듯이 커져만 가던
허접스런 인업(因業)들일랑
봄 여울에 씻은 듯 녹아나 흘러라.


영욕(榮辱)의 해골마저 타버린
폐허 위에다
이 봄에도, 우리 모두
목숨의 씨를 뿌리자.


하루아침에
하늘 땅이야 꺼진다손
제사, 나를 어쩔 것이냐…….


내일의 열매야 기약하지도
않으련만
운명(運命)과는 저울할 수도 없는
목숨의 큰 바램

우리의 부활을 증거하여
무덤 위에 필
안안의 목숨의 꽃씨를
즐거이 정성 들여 뿌리자.

# 2부

# 모과 옹두리에도
# 사연이

# 모과 옹두리에도 사연이 · 26

지금 생각하면
브래지어를 차고 여장(女裝)을 한 것보다
정보수(情報手)가 된 나의 꼴이 더 우습다.

내가 작성하는 모략선전문(謀略宣傳文)들을
순정(純情)의 혈서(血書) 쓰듯 했다.

그때 내가 가장 미워한 것은
감미로운 서정이요,
자연에의 흥취와 그 귀의였다.

나와 길이 어긋나지만
말로나 헤밍웨이를
사범(師範)으로 여겼다.

시와 그 진실이 일치하는 삶!

그리고 나는 총알 같은 운명을

희구(希求)하고 있었다.

---

* **정보수가 된 나** 1949년 육군 정보국의 요청에 의해 연합신문의 문화
  부장이던 나는 '문총(文總)'의 파견원으로 소위 HID의 촉탁이 된다.
* **나와 길이 어긋나지만** 다 알다시피 말로와 헤밍웨이는 스페인 내란 시
  소위 '인민전선(人民戰線)'의 편이 되어 싸우지만, 나는 그 당시에도
  가톨릭 교회가 시키는 대로 프랑코의 승리를 위하여 빌었고 해방 후
  에는 줄곧 반공전선에 앞장선다.

## 모과 옹두리에도 사연이 · 27

6·25, 그날의 경악과 절망을 맛본 사람은
지구의 종언(終焉)을 맞더라도 덜 당황해하리라.

하루 만에 패잔병의 모습으로 변한
국군과 함께 후퇴라는 것을 하며
수원에서 UN군 참전의 소식을 듣고서야
노아의 방주(方舟)를 탄 안도의 한숨을 내쉬었다.

대전에서 정보부대 정치반원으로 배속되어
공산당들 총살장에 입회를 하고 돌아오다
어느 구멍가게에서 소주를 마시는데
집행리였던 김 하사의 술회,

"해방 전 저는 일본 히로시마(廣島)에 살았는데
그때 어쩌다 행길에서 동포를 만나면
그렇게 반갑더니, 바로 그 동포를
제 손으로 글쎄, 쏴죽이다니요……

그것도 무더기로 말입니다……
망할 놈의 주의(主義)…… 그 허깨비 같은
주의(主義)가 도대체 무엇이길래……
그놈의 주의(主義)가 원숩니다……"
하고 그는 "으흐흐……" 흐느꼈다.

나는 전란(戰亂)을 치르면서나, 30년이 된 오늘이나
저 김 하사의 표백(表白),
"망할 놈의 주의(主義)…… 그 허깨비 같은
주의(主義)가 도대체 무엇이길래……
그놈의 주의(主義)가 원숩니다……"

보다, 더 또렷한 6·25관을 모른다.

## 모과 옹두리에도 사연이 · 28

대전에서 금산을 돌아
영동(永同) 국도로 빠져나오다가
공산당 유격대의 기습을 받았다.

편승한 지프에서 황급히 내려
행길 논두렁에 몸을 움츠리고
한 번 쏘아본 일도 없는 M1 소총으로
적방(敵方)을 겨눴다.

이때 내 눈앞에 꽃술이 마른 민들레 한 송이,
회오리바람에 나는 것을 보고

'이제 내 육신은 저처럼 흩어져서
내 생명의 씨는 어디로 날아가
새로운 꽃을 피울까?'
라는 생각과

'나는 오묘한 신비 속에 영원히 감싸여 있다'
라는 깨우침이

순식간 내 뇌리를 함께 스치며
모든 공포와 불안을 사라지게 하고
이름 모를 황홀 속에 나를 들게 하였다.

# 모과 옹두리에도 사연이 · 29

대구 사수부대의 일원으로 남는다.

쫓겨서 아무 동굴에나 기어든 짐승처럼
지척에까지 다가온 적의 포격 소리를 들으며
등화관제(燈火管制)로 캄캄한 막사에 쭈그리고 앉았다.

이제 밤이 새면 이곳도 공산군이 들이덮쳐
좌도(左盜)의 천하가 될지 모를 판국,
내가 죽어가면서 할 수 있는 일이란
고작 병원수(兵員數)를 채우는 것뿐인가?

'원귀(寃鬼)가 되어야지, 피묻은 입에
칼을 문 귀신이 되어서
빨갱이들을 내 손으로 소탕해야지'

내가 복수심을 체험한 것은
평생 중, 저때다.

비몽사몽간(非夢似夢間)이랄까!

난데없이 팔에다 '불(弗)'이라는 노란 완장을 단 녀석이 먼저 나를 가로타고 사지를 꽁꽁 묶기 시작하자 이번엔 '해방(解放)'이라는 붉은 완장을 단 녀석이 나타나 숫제 나의 목을 졸라매는 것이 아닌가.

나는 숨져가며 허위적대면서도 녀석들의 정체를 알아맞히기에 기를 써보았지만 노상 익숙히 보아온 얼굴들이건만 요놈들의 실체가 무엇인지, 나를 압살(壓殺)하는 이유가 무엇 때문인지 끝내 모르는 채 기절하고 말았다.

순간! 이것이 아마 유명(幽明)을 가르는 순간인가 보다. 천공(天空)엔 성신강림(聖神降臨)의 불혀 같은 불덩이로 꽉 차 있고 나는 지구와 더불어 개미 쳇바퀴 돌 듯 마구 돌아가고 있었다.

어지러워, 어지러워, 아이고 어지러워, 어머니, 아
내, 또 누구를 부르고 소리치고 울어도 대답은커녕
그 얼굴들마저 영영 떠오르지 않아 안타깝고 답답함
이 불가마 속인데,

홀연, 내 호주머니의 묵주(黙珠)가 매괴(玫瑰)의 꽃
을 피워 아련히 떠오르는 바람에 '성모어머니 나를,
나를!' 하고 소리 안 나는 절규를 발한 다음 순간,
어느 영화의 한 장면에선가, 실락원(失樂園)의 그림
에선가 본 그런 꽃동산 정자에서 나는 모시고이적삼
차림으로 방금 출옥한 사람처럼 흥분과 휴식을 즐기
는데
쾅, 쾅!
포탄 터지는 소리에 눈을 뜨면 칸델라 불빛 막사 안
철의자에 앉은 그대로구나.

---

* **성신강림**  예수가 승천 후 그 제자들에게 불혀 모양의 성령(聖靈)이
  내렸다고 함.
* **묵주**  가톨릭의 염주
* **매괴**  장미의 중국식 이름임. 그래서 가톨릭에서는 묵주의 기도를 성모
  에게 바치는 장미의 꽃다발로 삼아 매괴경(玫瑰經)이라 부름.

"옥(玉)이 야가 예, 선상님이 출장을 가신 새 뭐라 카는지 아십니껴?"

"?"

"공산군이 대구를 가만 놔뚜고 부산 앞바다로 몰리가서 대포를 마구 쏘았으모 싶으다, 그래 말합디더."

"?"

"그라문 우리 구 선상님이 퍼뜩 대구로 디돌아오실 끼라고예."

"뭐라고요? 나라가 망하는 건 어쩌구?"

"야가 선상님 보고 싶은께 나라야 망하든지 말든지 상관없는 기라예."

전령(傳令)으로 부산엘 다녀와서 단골 술집엘 가니 채 마루에 올라서기도 전에 안주인이 터놓는 얘기였다. 당자 옥이는 얼굴이 홍당무가 되어 안주인의 입을 틀어막느라고 야단이고—

동정(童貞)으로 결혼하여 아내밖에 모르던 나는 그 날 밤, 앞가슴에 찼던 성심패(聖心牌)마저 몰래 벗어 자리 밑에 넣어 놓고 천치 같은 소리를 지껄인 바로 그 기생을 품었다. 스스로도 놀랄 색정(色情)이었다.

---

* 성심패 가톨릭의 신자들은 흔히 예수의 가슴에 불꽃이 새겨진 메달을 목에 걸어 앞가슴에 찬다.

9·28 서울 수복의 선발대원이 되어 9월 21일 미군 수송기를 탔다. 난생처음 탄 비행기라 몸 마음이 함께 붕 떴었고 창으로 굽어본 산하(山河)와 취락들은 너무나 하찮게 보여 혈전(血戰)을 잊게 했다.

잡초로 우거진 김포 벌판에 내려 우선 직행한 인천 거리는 아직도 포연(砲煙)이 도처에 자욱했다.

타다 남은 인쇄소를 빌려 입성(入城) 때 뿌릴 전단(傳單)을 만들고 밤늦게 막사로 돌아오다 어느 골목길에서 만취한 흑인 병정 하나를 만났다. 그는 왼손가락으로 우물을 짓고 바른손 엄지로 절구 찧는 시늉을 해보이며 "웨어? 웨어?" 게걸대면서 내 옆을 따라 붙었다.

"아이 돈 노우"만을 연발해서 겨우 그를 떨쳤건만 나는 그때 그 깜둥이에게서 역정보다 이색인종(異色

人種)에 대한 친근감을 처음 맛보았다. 그런 것을 전우애(戰友愛)라고나 하는 겔까?

---

* **서울 수복 선발대**  나는 9·28 수복 당시 국방부 정훈국 선발대 보도
  대장으로 서울에 입성한다.

오직 그 시 한 편을 위하여 잿더미가 된 서울도 화
전민의 희열로 바라볼 수가 있었다.

오직 그 시 한 편 때문에 수복 후, 생사가 불명이던
가족들이 보름도 넘어 남방토인(南方土人)처럼 까맣게
타서 나타났을 때 "이제 우리의 고생은 다 끝났다. 고
향에 돌아가 옛말 하며 살자구" 이 한마디로 서로가
족했다.

1950년 9월 30일, UN군 사령관 더글러스 맥아더 장
군은 김일성(金日成)에게 최후의 항복 권고를 발하였고
이에 적이 불응하자 10월 1일 동해안 지구의 국군 제3
사단을 선봉으로 북진을 개시, 동 2일 전 전선(全戰線)의
아군부대는 일제히 38선을 돌파하였다.

동부전선의 국군 제1군단 예하 3사단과 수도(首都)
사단은 10월 10일 원산(元山)을 점령하고 동 28일 성진
(城津)을 통과, 31일에는 길주(吉州)서 합수(合水)로 진격
했으며 수도사단은 해공군(海空軍)의 지원을 받으면서

11월 25일 청진(淸津)에 돌입했다.

중부(中部)를 담당한 국군 제2군단 예하부대는 10월 21일 7사단이 순천(順川)으로 진격하고, 8사단은 동 17일 양덕(陽德) 방면으로 분진(分進)하여 덕천(德川)에 진출, 6사단은 화천(華川)을 거쳐 양덕(陽德)으로 북상, 동 26일 동 사단 7연대는 17시 50분 초산(楚山)에 돌입, 압록강변 국경선에 도달하였다.

서부(西部)로 진격한 UN군 직할부대는 경의본선(京義本線)과 서해안으로 북상, 10월 19일 17시 국군 1사단을 선두로 평양(平壤)을 점령, 동 20일 숙천(肅川), 순천(順川) 사이에 낙하한 미 제11공정(空挺)사단 187연대 약 4,000명과 동 21일 낙하한 800명과 합세, 동 31일 선천(宣川)에 진출하였다.

한편 인천상륙전에 용명(勇名)을 떨친 미 제10군단은 10월 26일 원산에 상륙, 그 주력이 장진호(長津湖)로 진격, 갑산(甲山)을 거쳐 11월 21일 국경선 혜산진(惠山鎭)에 도달하였다.

이상은 역사의 기록이 아니라 비록 중공군의 불법 침입으로 무참히 지워졌지만 우리 자유민(自由民)들이 장미보다도 붉은 피로 이 땅에 써놓았던 불멸의 시를 내가 여기 되새겨 놓은 것이다.

## 모과 옹두리에도 사연이 · 34

1·4 후퇴, 체인도 안 단 트럭이
오르다간 미끄러지고
오르다간 미끄러지는 고갯마루서
그 운전대 옆에 타고 앉아
차라리 조바심을 지우려고
멀리 내려다본 골짝에
흰눈에 떨어진 검정 보자기처럼
보이던 그 밭.

가족들을 데리고 복귀하는 길
만발한 철쭉꽃에 싸여서
버짐 먹은 아이의 대가리처럼
부옇게 패어 있던 그 밭.

형무소에서 나와
시골집으로 가면서 기웃해 본
강냉이 이삭이 우수수 우수수

몰려 서 있던 그 밭.

김천, 대구 사이 신동(新洞) 고개 골짜기
나환자들의 피고름과 눈물이
얼룩져 있는 그 밭.

이국(異國) 병상(病床) 수술대 위에서
마지막 보이던 고토(故土).

그 산뙈기 밭!

---

* 이국 병상  나는 1965년 일본서 두 차례의 폐 수술을 받았다.

# 모과 옹두리에도 사연이 · 35

### 제1경

행길 위에 머슴애들이 우 몰려가 수상한 차림의 여인 하나를 에워싼다. 돌팔매를 하는 놈, 소똥 말똥을 꿰매 달아 막대질을 하는 놈,

— 양갈보 양갈보 양가—ㄹ보.

더럽혀진 모성(母性)을 향하여 이들은 저희의 율법(律法)으로 다스리려는 것이다.

— 내가 늬들 에미란 말이냐? 양갈보면 어때? 어때!

거품까지 물어 발악하는 여인을 지나치던 미군 지프가 싣고 바람같이 흘러간다. 아우성 소리만 남고.

### 제2경

짙게 양장한 여인이 지나간다. 꼬마들은 눈을 꿈벅꿈벅한다.

한 녀석이 살살 뒤를 밟아 여인의 잔등에다

'일금 3천 원야'라는 꼬리표를 재치 있게 달아 붙인다.

― 와하 와하하 와하하하.

자신들의 항거로서는 어쩔 수 없음을 깨달은 꼬마들이 자학을 겹친 모멸의 홍소(哄笑)를 터뜨린다.

여인은 신 뒤축을 살펴보기도 하고 걸음새를 고쳐 보기도 한다.

그러나 그녀가 사라지기까지

― 와하 와하하 와하하하

는 그치지 않는다.


## 제3경

이러한 짓궂은 장난도 얼마 안 가 뜸하여지고 판자막(板子幕) 어두컴컴한 골목길에는 군데군데 꼬마들이 누구를 기다리고 서 있다.

흑백의 모주 병정들이 어른거릴 양이면 그 고사리 같은 손으로 억센 팔들을 잡아끄는 것이다.

― 헬로! 오케? 마담, 나이스! 나이스, 오케?

지폐 맛을 본 꼬마들은 이 참혹한 현실을 그들대로 활용하게끔 되었다.

# 모과 옹두리에도 사연이 · 36

내 가슴 동토(凍土) 위에
시베리아 찬바람이 살을 에인다.

말라빠져 엉켜 뒹구는 잡초(雜草)의 밭
쓰레기 구덩이엔
입 벌린 깡통, 밑 나간 레이션 박스,
찢어진 성조지(星條紙), 목 떨어진 유리병,
또 한구석엔 총 맞은 삽살개 시체,
전차(戰車)의 이빨 자국이 난 밭고랑엔
말라 뻐드러진 고양이의 잔해,

저기 비닐 온상(溫床) 같은 천막 앞
피묻은 바지가랑이가 걸린
철망 안을 오가며
양키 병정이 휙휙 휘파람을 불면
김치움 같은 땅 속에서
노랗고 빨갛고 파란

원색의 스카프를 걸친 계집애들이
청개구리들처럼 고개를 내민다.

하늘이 갑자기
입에 시꺼먼 거품을 물고
갈가마귀 떼들이 후다닥 날아
찌푸린 산을 넘는데

나의 잔등의 미칠 듯한 이 개선(疥癬)—
나의 가슴을 치밀어 오르는 이 구토—
어느 누구를 향한 것이냐?

 제 먹탕으로 깜장칠한 문어 한 마리를 무릎에 싸 안고서 어르고 있는 광경이라면 모두 웃음보를 터치 리라.

 그러나 앞자리의 마주 자리 잡은 나의 표정은 굳어 만 갔다.

 ― 정식아! 볶지 마아, 빠빠에게 가면 까까 많이 사 줄게.

 이건 또 너무나도 창백한 아낙네가 정식이라고 이 름 붙인 검둥애에게 거의 애소에 가까운 달램이었다.

 자정도 넘은 밤차, 희미한 등불 아래 손들의 피곤한 시선은 결코 유쾌한 눈짓이 아니었고 칭얼만 대는 검 둥애의 대가리와 울상이 된 그 엄마의 하이얀 이마 위 땀방울이 유난히 빛나고 있었다.

 나는 이 뒤틀어대는 흑백의 모자상(母子像)을 보다 못해 호주머니를 뒤져 전송 나왔던 친구가 취기 반 으로 사주던 '해태캐러멜'을 꺼내 까서 녀석에게 넌 지시 권해 본다.

아니나 다를까, 적중이었다. 녀석은 흑요석(黑曜石)보다도 더 짙은 눈을 껌벅이며 깜장 손으로 냉큼 잡아채어 입에 넣더니 제법 의젓해지지 않는가.

두 개, 세 개, 네 개, 이제는 아주 나의 무릎으로 슬슬 기어오르며 이것만은 차돌같이 흰 이빨을 드러내어 웃어 반기는 것이다.

여기에 이르면 안 논다는 재주 없다. 눈물이 글썽하여 연신 미안스러워하는 아낙네에게서 녀석을 아주 받아 안고 동물원에 가서 원숭이 놀리는 그 꼬락서니가 되어 캐러멜과, 애새끼와 있는 재주를 다 피워 얼러댄다.

이러는 사이에 어처구니없는 풍경이 되어 버렸다. 뜻하지 않은 나의 구조를 넋없이 바라보던 아낙네가 신명의 고달픔이 차고 말았던지 사르르 잠들어 버리고 그렇게 날치던 애새끼 역시도 이제는 어지간히 흡족했던지 내 품에서 쌕쌕 코를 고는 것이 아닌가.

꼼짝없이 검둥이 애비 꼴이 된 나는 헤아릴 수 없는 심정 속에서 그 채로 눈을 감고 만다.

나의 머리에는 이 녀석의 출생의 비밀이 되었을 지폐 몇 장이 떠오른다.

이 검둥이의 애비가 쓰러져 숨졌을 우리의 어느

산비탈과 어쩌면 그가 살아 자랑스레 차고 갔을 훈장을 떠올려 본다.

저 아낙네의 지쳐 내던져진 얼굴에서 오늘의 우리를 느낀다.

숨결마저 고와진 이 무죄하고 어린 생명을 안고서 그와 인류의 덧없는 운명에 진저리친다.

차는 그대로 밤을 쏜살같이 뚫어 달리고 손들은 모두 지쳐 곤드라졌는데 이제는 그만 내가 흑백의 부자상(父子像)이 되어 이마에 땀방울을 짓는다.

시인은 어깨나 재듯이 친구 하나를 끌고 호기 있게
들어선다.

창녀는 반갑고도 사뭇 미안스러워 어쩔 바를 모른다.

방에 들어 흘깃하면 송(松)·학(鶴) 수틀 아래 합장한
아기 예수의 흰 석고상이 매달려 있다.

시인은 올 적마다 쓰디쓴 웃음을 풍기며

— 이건 네 아이 얼굴인가?

퉁겨 묻고는

— 너도 막달레나가 되려나?

혼자 중얼거린다.

진로(眞露) 한 병과 마른 오징어 한 마리가 상 위에
얹혀 들어온다.

겹친 술을 한두 잔 켜고 나서는 이제 남은 흥정을
붙여야 했다.

— 이 친구 색시 하나 똑 딴 것으로 데려와!

— 아주 마음 좋은 사모님으로 말이야!

— 빨랑빨랑, 졸려!

호통에 못 이겨 부스스 일어서 나간 창녀는 잠시 후 방문을 빼꼼이 열고는 눈짓으로 시인을 불러내 간다.

　— 저, 저어, 저 손님 다리 하나 없으시죠?

　— 그래, 왜 그래? 상이용사야!

　— 아마 딴 애들은 안 받을 거예요. 그래서 선생님 형편이라면 제가 모시죠.

　— 으음.

　시인은 이 최상급의 선의(善意) 앞에 흠칫 놀라면서

　— 그래, 그래야 나도 새 장가 들지!

하고 얼버무려 버린다.

　악의 껍질 같은 칠흑 어둠이 덮인 창굴(娼窟) 마당에 다 시인은 오줌을 깔기면서 이 굴 속에도 비록 광채는 없으나 별과 시(詩)가 깃들어 있음을 따스하게 여긴다.

동란이 멈칫한 어느 전선 전초고지의 참호 안, 임무를 교대한 우리 사병들과 흑인 병사 서너 명이 막걸리판을 벌이고 있다.

어지간히 얼근들 해진 그들은 '드링크' '오케이' '땡큐' 등 반쪽 말을 범벅꿍해서 질탕인데 그중 흑인 병정 하나가 우리 병사 하나를 껴안고 무엇이라고 연성 지껄이며 애타하니까 자기 옆 전우의 덜미를 붙잡아 돌리며,

사병 : 야, 학병. 너 이 깜둥이 새끼가 나보고 뭐라카는지 통역 좀 해봐라! 나보고 좋다카는 건 분명한디 말이다.

학병 : 그 자식도 취해서 그저 개소리, 쇠소리, 말소리 내는 거지! 뭐 별소리 있겠나?

하면서 흑인 병정을 향해

학병 : You say once more.

흑인 : You know, we differ each other in nationality, race, homeland, parents, and the skin and so forth. You know, we differ each other in many respects.

학병 : Go ahead.

흑인 : But we are at one because we are same private soildiers and we are destined to die on same day. We are same we are closest friends you know. We are number one friends. Sure true brothers.

학병 : You are right. I know what you mean.

하고 일어나서 손뼉을 치며

학병 : 야들아! 잠깐 조용해. 이 깜둥이 자식 굉장한 소리를 한단 말이다.

어느 사병 : 야 이 새끼야! 깜둥이야 뭐라든 상관없고 너 노래할래? 춤출래?

학병 : 좀 가만히 들어 봐! 이 자식이 하는 말이 '너나 나나 나라가 다르고, 민족이 다르고, 고향이 다르고, 부모가 다르고, 피부가 다르고, 또 모든 게 다 다른

데 오직 같은 게 있으니 그것은 너나 나나 졸병이라는 것과 죽을 날짜가 똑같다' 이거다.

　일동 중 : 옳소, 옳소. 그건 반공통일보다 더 옳소.

　학병 : '……그러니 모두가 다 달라도 죽을 날짜가 똑같은 이렇게 가까운 사이가 또 어디 있겠느냐?' 이 말씀이다.

　일동 중 : 그것 참 성경 말씀보다도 더 좋구나.

　학병 : 그러면 우리는 죽음을 함께할 종신형제(終身兄弟)! 부모보다도 형제보다도 애인보다도 더 가까운 사이! 자아, 이 위대한 사실을 건배하자!

　일동 중 : 너 그 연기 김동원(金東園)의 햄릿 울고 가겠다.

　소리에 우리 병사들이 다 함께 웃고, 덩달아 흑인 병정들도 따라 웃고, 또다시 주석이 소란해졌는데 얼마 안 가 참호 안은 〈해피 버스데이 투유〉의 합창이 울려퍼졌다.


＊


아군이 포복하여 기어오르고 있다.

그 속에 흑인 병사들도 끼어 있다.

포탄과 탄환의 폭우 속을 뚫고
우리 사병 중 하나가 고지에 올라
수류탄을 던진다.
흑인 병정 하나도 뒤따라 올라
수류탄을 던진다.
작열 작열 폭발 폭발 백병전……
동이 트는 고지에
혼백처럼 태극기가 휘날린다.
적, 아군의 시체가 즐비하다.
흑인 병정 시체의 목에서 빠져 나온
군번패(軍番牌)가 아침 햇살에 유난히 번득인다.

## 모과 옹두리에도 사연이 · 40


옹기굴 속 같은 저 어둠 속에서도
스스로 타고난 성정(性情)만으로
실존의 등불을 켜는 한 무리가 있었다.


난민(難民)들 틈에 적군이 잠입해 오자
무차별 포격을 강박(强迫)하는 미(美) 고문(顧問)에게
권총을 쏘고 군에서 쫓겨나
시장에서 배추장사를 하는 포대령(砲大領),
좋건 궂건 "죽일 놈"을 연발하고
"노래 한 마디 하겠습니다"고 벼르기만 해서
우리의 역정(逆情)과 암울을 달래 주는 노비행사(老飛行士),


푸줏간같이 잔혹한 그 세상살이 속에서도
성 프란체스코의 〈태양의 노래〉를 읊조리며
하느님 찬양에 취해 있는 야인(也人) 선생,


고대 희랍의 시인 아나크레온의

〈장진주(將進酒)〉를 밑천 삼아 매시득주(賣詩得酒)를 하는
말뚝 지팡이의 매기 선생,

그리고 움집 '고무줄 방'에서
연달아 줄담배를 피우며
"반갑고 고맙고 기쁘다"는 축언(祝言)으로
손을 맞아들이는 공초(空超) 선생,

나는 저들과 밤도 낮도 없이 어울려
대추나무집, 감나무집, 말대가리집
자갈마당을 떠돌아다니며
말술을 푸고 온갖 기행(奇行)을 연출했다.

하지만 그 질식할 시간 속에서
저들과의 시간만이 나의 숨통이요,
또한 유일의 자양(滋養)이었다.

* **포대령** 포병 대령 고(故) 이기련(李錤鍊)
* **노비행사** 공군 대령 고 이계환(李繼換)
* **야인 선생** 가톨릭의 거사(居士) 고 김익진(金益鎭)
* **매기 선생** 성악가 고 권태호(權泰浩), 그는 〈매기의 추억〉을 애창하였다.
* **고무줄 방** 피난지 대구의 공초(空超) 선생의 기거처(寄居處)로 손이 적으면 적은 대로 많으면 많은 대로 수용한다고 해서 선생이 이렇게 불렀다.
* **대추나무집, 감나무집, 말대가리집** 그 당시 피난 문화인들이 드나들던 술집
* **자갈마당** 당시 대구의 사창가(私娼街)

# 모과 옹두리에도 사연이 · 41

조국아, 심청(沈淸)이마냥 불쌍하기만 한 너로구나.
시인이 너의 이름을 부를 양이면 목이 멘다.
저기 모두 세기(世紀)의 백정(白丁)들,
도마 위에 오른 고기 모양 너를 난도질하려는데
하늘은 왜 이다지도 무심만 하다더냐.

조국아, 거리엔 희망도 절망도 못하는
백성들이 나날이 환장해만 가고
너의 원수와 그 원수를 기르는 벗들은
너를 또다시 두 동강을 내려는데
너는 오직 생각하며 쓰러져 가는 갈대더냐.

원혼(寃魂)의 나라 조국아,
너를 이제까지 지켜온 것은 비명(非命)뿐이었지,
여기 또다시 너의 마지막 맥박인 듯
어리고 헐벗은 형제들만이 북(北)으로 발을 구르는데
먼저 간 넋을 풀어줄 노래 하나 없구나.

조국아! 심청이마냥 불쌍하기만 한

조국아!

---

〓 → BRIDGE OF NO RETURN

叫叫叫叫口　　口叫叫叫叫叫叫叫叫叫叫叫叫叫叫叫叫
峒峒峒峒嶼　　嶼峒峒峒峒峒峒峒峒峒峒峒峒峒峒峒峒
　　　　昜
　　眂鱻旗
　　　　卓

砲砲砲砲銃　　銃砲砲砲砲砲砲砲砲砲砲砲砲砲
門門門門口　　口門門門門門門門門門門門門門

---

* 포문(砲門) 20은 필자의 순전한 상상(想像)에 의한 휴전선의 사단 배치수(師團配置數)임.
* BRIDGE OF NO RETURN '돌아오지 않는 다리'

'파스칼'의 갈대만이
흰 머리와 흰 구렛나룻을
바람에 휘날리고 있었다.
휴전선(休戰線)!

## 모과 옹두리에도 사연이 · 44

푸주와 푸주가 줄을 이었다.
살덩이와 갈비가 선지피를 떨구며
쇠꼬쟁이에 끼워져 걸려 있다.
불자동차 소리, 경적(警笛) 소리, 잇달아
구급차(救急車) 소리가 들린다.

캄캄한 옹기굴이다.
끝도 없는 터널이다.
치차(齒車)와 치차(齒車)가 맞부딪치는
금속성(金屬性) 굉음(轟音)이 가슴을 찢는다.

새 무덤들이 늘어선 공동묘지에
갈가마귀 떼가 새까맣게 덮여 있다.
검은 게거품을 문 하늘에
독수리가 원을 그리며 날고 있다.

썩은 초가지붕 마을 뒷산에
껍질이 벗겨져 해골이 된 소나무들,
버짐이 먹어 허옇게 타는 논,
비듬이 일 듯 먼지만 나는 밭,
어느 여위디여윈 강기슭에
갓 나온 듯한 청개구리 한 마리
내딛을 곳을 몰라
심장만 불룩이고 있다.

# 모과 옹두리에도 사연이 · 45

삐걱거리는 판자 밑으로
연탄빛 도랑이 흐르는 소리를 들으며
나는 멀거니 누워 있었다.

'지유조국'이 환상이라면
전쟁은 무엇을 위하여 치렀단 말인가?
고향은 무엇 때문에 버렸단 말인가?
나의 물음이 절박할수록
그 대답은 멀어만 갔다.

– 당신은 실연(失戀)을 했군요?
……
– 부인이 도망을 갔나 봐?
……
– 그것도 별루 좋아도 안 하면서, 벌써
열이틀쨌데!
……

창녀의 물음에 대답할 바도 없어
나는 〈날개〉의 주인공이 된다.


거리에는 '땃벌떼'와 '백골단(白骨團)'이 난무(亂舞)하고
나의 피난집에는 기관원이란 자가
권총을 발사하며 달려들곤 하였다.

---

* 〈날개〉 이상(李箱)의 소설
* 땃벌떼, 백골단  부산 제1차 정치파동 때 날뛰던 정치깡패 집단
* 나는 제1차 정치파동 때 〈민주고발(民主告發)〉이란 사회시평(社會時評)
  을 신문에 연재하여 당국으로부터 핍박을 받아 대구 달성공원 아래
  하상(河上) 판자 창굴(娼窟)에 피신하는 소동을 벌였다.

## 모과 옹두리에도 사연이·71


나는 어디서 날아온지 모르는
메시지 한 장을 풀려고
무진 애를 쓰다 돌아왔다.

꾸몽 고개 야자수 그늘에서
봉다워 바닷가에서
아니 사이공의 아오자이 낭자와
마주 앉아서도
오직 그것만을 풀려고
애를 태다 돌아왔다.

아마 그것은 베트콩이 뿌린
전단(傳單)인지 모른다.

아마 그것은 나트랑 고아원서 만난
월남 소년의 장난인지 모른다.

아마 그것은 어느 특무기관이
나의 사상을 시험하기 위한
조작인지 모른다.

아마 그것은 로마 교황의
평화를 호소하는
포스터인지 모른다.

아니 그것은 우리의 어느 용사가
남겨놓고 간 유서인지 모른다.

마치 그것은
흐르는 눈물 모양을 하고 있었다.

마치 그것은
고랑쇠 같은 모양을 하고 있었다.

마치 그것은
포탄으로 뻥 뚫린
구멍 모양을 하고 있었다.

마치 그것은
사지(四肢)를 잃은
해골 모양을 하고 있었다.

그런데 그것은
눈감지 못한
원혼(冤魂)의 모습을 하고 있었다.

그런데 그것은
월남 이야기인 것도 같고

그런데 그것은
나 개인의 문제인 것도 같고

그런데 그것은
우리 민족과 관련된 것도 같고

아니 그것은 보다 더
인류와 세계를 향한
강렬한 암시 같기도 하였다.

내가 그것으로 말미암아
오직 느낀 것이 있다면
나란 인간이
아니 인류가
아직도 깜깜하다는 것뿐이다.

나는 그 메시지를
풀다 풀다 못하여
이제 고국에 돌아와서까지
이렇듯 광고한다.

백지 위에
선혈(鮮血)로 그려진
의문부
'?'
그게 무엇이겠느냐?

---

* 이 시는 내가 1967년 11월 월남을 시찰하고 돌아와서 쓴 것으로,
  당시는 자유월남 정부군에게 전세가 유리하고 더구나 파월국군은
  승승장구하던 때였지만…….

## 모과 옹두리에도 사연이 · 72

서울 판자촌 천막 학교에서
어느 소녀가 쓴 위문편지 속에
넣어 보낸 봉선화 꽃씨가
향로봉이 마주 뵈는
상상봉(上上峰) 참호문(塹濠門) 앞에 심어져
그 여름 가을 밤 내 병사들의
〈울 밑에 선 봉선화〉의 합창으로
하모니카에 맞춰서 노래되더니

그해 늦가을 그 어느 병사가
씨를 받아 배낭 한구석에 넣고
군함을 타고 황해, 인도지나해를 건너서
월남땅에 올라 다시 뗏목을 타고
다낭 OO기지에 도착

한 봉지는 막사 앞 화단에 심어
열사(熱砂)에 싹이 말라 죽고

간호장교가 나눠 간 한 봉지는
병원 내 빈 약통에 심어져
봉오리마저 맺혔었는데

그 꽃이 시들지 않고 피어
아오자이 소녀의 새끼손톱에
다홍물을 들였는지 어쨌는지
그 소식은 모른다.

# 3부

# 그 밖의 연작시와
# 단시

# 밭 일기·2

농부가 소를 몰아
밭을 간다.

막혔던 땅의
숨구멍이 터진다.

얼어붙었던
가슴이 열린다.

봄 하늘이
손에 잡힐 듯하다

소와 농부가 함께
쳐다본다.

구름이 북으로
흘러간다.

엄매……

가시도 덩굴도
헤치며
갈아나간다.

# 밭 일기·45

어둠이 채 가시지 않은 새벽 밭에
검정 수단을 걸친 수도자(修道者)들이
어떤 이는 두 무릎을 꿇어 장궤를 하고
어떤 이는 고개를 조아려 합장을 하고
어떤 이는 하늘을 우러러 두 팔을 벌리고
어떤 이는 묵주(默珠)를 드리고 거닐고 있다.

저들은 누구의 무슨 큰 죄를 울기에
아니 저들은 누구의
어떤 사랑을 맛보았기에
저렇듯 밤을 새워 애닲아 비는가?

*

뼛속까지 스미는 겨울 아침의
찬 공기를 맞으며 마시며
몸뚱이만 남은 나목(裸木)들이

밭에 막 멈춰 선다.
그 나무들 머리끝과 어깨 위와
양팔 옆구리와 두 손끝과
몰아선 다리와 발치에

그 여백(餘白)을 채워 놓은
저 무한(無限)한 청정(淸淨)!

*

수도자(修道者)도 고목도 스러져 버리고
떠오는 태양 함께 아련히 떠오르는 모습,

처음엔 신라(新羅) 무지갯빛 숲,
동해 일출을 맞는 석굴암 속에
제각기 색색의 원(願)을 성취한
저 고운 보살들에게 옹위된
자비의 본존(本尊)!

이번엔 어린 고기 떼 비늘이
눈부시게 뛰는 아침 강가를
그리스도 폴의 어깨에 목말을 타고
해죽해죽 웃으며 다가오는
사랑의 화신(化身)!

---

* 수단  가톨릭 수도복
* 그리스도 폴  예수를 강가에 업어 건넸다는 성자

# 까마귀 · 7

까옥 까옥

– <u>으스스하지?</u>

까옥 까옥

– 한여름인데!

까옥 까옥 까옥

– 시청 옥상에 매가 나타났다며?

까옥 까옥 까옥

– 마구 비둘기를 채간다나 봐.

까옥 까옥 까옥 까옥

– 까치들은 가둬놓고 비둘기들은 채가고

까옥 까옥 까옥 까옥

– 이 도성(都城)! 말씀이 아니군.

까옥 까옥 까옥 까옥 까옥

– 런던탑처럼 우리들도 붙잡아다

　날개를 자르려 들지난 않을까?

까옥 까옥

– 무시무시!

## 까마귀 · 11


까옥 까옥 까옥 까옥


여의도 아파트 숲 어느 고목 가지에
늙은 까마귀 한 마리 앉아 울고 있다.


입에 담기도 되뇌기도 저어되는
눈 뒤집힌 이 세상살이를 바라보며
까마귀는 목이 쉬도록 울고 있다.


카옥 카옥 카옥 카옥


그대들의 삶이 오늘 이대로 가다가는
김정일의 오판도 하늘이 모른 체하리니
서울이 불바다가 되기를 자초하지 말고
백성들이여! 한시바삐 회개하라!


카욱 카욱 카욱 카욱

예전에는 사람들이 나의 소리만 들어도
섬뜩하여 가던 길도 흠칫 멈추고 서서
오늘의 자기 행신(行身)을 불안스러워하고
자기 삶의 모습을 살펴보기도 하더니

요즘 세상은 온통 소음과 소란이라
나의 소리 따위는 들리지도 않겠지만
더러 보행하던 사람들이 쳐다보고도
저런 쓸모 없고 재수 없는 날짐승이
아직도 살아남았나? 하는 표정들이다.

까욱 까욱 까욱 까욱

하지만 까마귀는 그 심안(心眼)에 비쳐진
저들의 불의와 부패가 마침내 빚어낼
그 재앙과 참화를 미리 일깨워 주려고
오늘도 목이 잠기도록 우짖고 있다.

# 그리스도 폴의 강 · 32

흰눈이 덮인 밭과 밭 사이
우리 국토 모양을 짓고
얼었던 강이 녹아 흐른다.

아직도 얼음은 둘로 갈린 허리 응달에서
포문(砲門), 총구(銃口), 칼날처럼 줄줄이 번득이고
강 한복판 모래무덤들은 태극기를 만들기도 하고
제주도나 울릉도나 남해군도(南海郡島)를 이루기도 하고
양측 기슭으론 진남포, 신의주,
원산, 서호진(西湖津), 청진항(淸津港)을 이루고 있다.

남향(南向)받이엔 버드나무들이
은회색(銀灰色) 쥐새끼를 가지마다 붙이고
벌써 눈이 트고 있는데
건너편 북향(北向)받이 나무들은
표독한 가시를 돋친 채
아직도 물기가 감감이다.

중천(中天)에 친 황금사(黃金絲) 그물에
어린 해들이 걸려 하늘거리고
강 속에는 수초(水草)들이 꼬리를 친다.

며칠 전만 해도 꽝꽝 얼어붙었던
이 사각지대(死角地帶)!
지나간 우리의 미움처럼
이제는 우리의 사랑처럼
녹아 흐르고

저기 흉물스레 놓여 있던
'돌아오지 않는 다리'도
흘러 떠가고 있다.

# 그리스도 폴의 강·65

강이 흐른다……

아슴푸레한 옛날이 상여(喪輿)에 담기고
축렬(祝列)에 아득한 미래가 배듯이
길고 먼 사연의 공백(空白)을 안고

강이 흐른다……

동녀(童女)의 옹달 모양 그윽한 샘에
눈물 같은 이슬이 지각(地殼)을 뚫은
탄생의 신비스런 경이(驚異)를 품고

강이 흐른다……

아롱진 동경(憧憬)에 지절대면서
지식(知識)의 바위숲을 헤쳐 나오다
천 길 벼랑을 내려 구울던
전락(轉落)의 상흔(傷痕)을 어루만지며

강이 흐른다……

트여진 대지 위에 백렬(白熱)하던 낭만(浪漫)과
늪 속에 잠겨 이루던 고독과 기도,
오오, 표박(漂迫)과 동결(凍結)의 신산(辛酸)한 기억들을
열망(熱望)과 수치(羞恥)로 물들이면서

강이 흐른다……

이제 무심한 일월(日月)의 조응(照應) 속에서
품에는 어별권속(魚鼈眷屬)들의 자맥질과
등에는 생로(生勞)와 환락(歡樂)의 목주(木舟)를 얹고
선악(善惡)과 애증(愛憎)이 교차하는 다리 밑으로
사랑의 밀어와 이별의 노래를 들으며
생사(生死)와 신음(呻吟)과 원귀(冤鬼)의 곡성(哭聲)마저 들으며
일체(一切) 삶의 율조(律調)와 합주(合奏)하면서

강이 흐른다……

샘에서 여울에서 폭포에서 시내에서
억만(億萬)의 현존(現存)이 서로 맺고 엉키고 합해져서
낳고 죽어가며 푸른 바다로 흘러들어
새로운 생성(生成)의 바탕이 되어
곡절(曲折)로 가득 찬 역사의 대단원을 지으려고

강이 흐른다……

과거와 미래의 그림자도 없이
무상(無常) 속에 단일(單一)한 자아(自我)를 안고
철석(鐵石)보다도 굳은 사랑을 안고
영원 속의 순간을 호흡(呼吸)하면서

강이 흐른다……

또 어느 날 있을 증화(蒸化)야 아랑곳없이
무아(無我)의 갈원(葛院)에 체읍(涕泣)하면서
염화(拈華)의 미소를 지으면서

강이 흐른다……

강! 너 허무(虛無)의 실유(實有)여.

# 꽃자리

반갑고 고맙고 기쁘다.

앉은 자리가 꽃자리니라!

네가 시방 가시방석처럼 여기는
너의 앉은 그 자리가
바로 꽃자리니라

반갑고 고맙고 기쁘다.

---

\* 이 시는 시인 공초 오상순 선생이 사람을 만날 때마다 하던 축언
(祝言)을 조금 풀이하며 써본 것이다.

# 입버릇

　동란 때 내가 가까이 모시던 노비행사(老飛行士) 한
분은 세상 못마땅한 일을 보거나 들으면 언성을 높여
"저런 죽일 놈" 하고는 깜짝 놀라는 상대에게 이번엔
아주 상냥한 음성으로 "노래 한마디 부르겠습니다"라
고 하여서 크게 웃겨 고약한 우리 심정을 달래곤 하
였다.

　그런데 언제부터인가 그분의 입버릇이 부지중(不知
中) 내게 옮아서 이즈막 나는
　행길에서도 "저런 죽일 놈"
　버스에서도 "저런 죽일 놈"
　모임에서도 "저런 죽일 놈"
　심지어는 성당에서도 "저런 죽일 놈"
　매일 저녁의 신문을 읽다가는
　"저런 죽일 놈" "저런 죽일 놈들"
　남의 귀에 들릴 정도는 아니지만 때도 곳도 가리지
않고 연발한다.

말이 씨가 된달까, 저런 중세가 날로 심해지면서 이번엔 내 마음속에 소리 안 나는 총이 있으면 정말 없애고 싶은 사람이 하나 둘 불어나고 그 욕망이 구체화되어서 집단살인도 자행(恣行)할 기세라 이 밑도 끝도 없는 살의(殺意)에 스스로가 놀라게끔 되었다.

그러다가 바로 지금 막 머리에 떠올린 것인데 역시 그분이 "저런 죽일 놈" 하고선 "노래 한마디 부르겠습니다"고 엉뚱한 후렴(後斂)을 단 것은 해독제(解毒劑)였음을 비로소 깨닫는다.

이제부터 나도 "저런 죽일 놈" 소리가 나오면 애송시 한 편이라도 읊어서 비록 마음속에서일망정 살인은 안 해야겠다.

---

* 노비행사 공군 대령 고 이계환(李繼換) 선생

## 발현發顯

나, 여기 금강산 끝줄기 중턱
3백 년 옛 건물이 낡고 헐다 못해
기둥과 벽이 함께 기울어 있는
미타암(彌陀庵) 툇마루에 앉아 있다.

바람소리
물소리
새소리
아예 인기척은 없고
가끔 마당을 가로지르던
다람쥐가 빠끔히 쳐다본다.

한나절을 이렇게 앉아서
기암(奇巖) 수(壽)바위도 바라보고
멀리 동해도 바라보고
떠가는 흰 구름도 바라보다
무심히 마당엘 내려서는 순간

이 어쩐 신이(神異)런가?
어머니가
40년 전 저 이북 고향에서 헤어져
돌아가셨다지만 그 무덤도 알 길 없는
어머니가

신록에 덮인 선화봉(仙化峯) 위 하늘에
마치 루르드에 발현하신 성모(聖母)처럼
후광(後光)에 감싸여 서 계신 게 아닌가!

너무나 영절스런 모습이라
눈을 비비고 눈물을 닦으며
앞으로 몇 발짝 다가가니
아이고, 그만 사라지신다.

어머니이……

---

* **루르드** 프랑스 남서부 피레네 산맥 기슭에 있는 마을

# 발길에 차인 돌멩이와 어리석은 사나이와

밤일수록
병들어 가는 이 거리에
어리석은 사나이 하나
발길에 차인 돌멩이를 주워서
팔매할 곳을 노리고 있다.

검은 장막이
수상히 드리운 밤하늘에
불사조(不死鳥)인 양 날려나 볼까.

아니 탁류(濁流)마냥 뻗친
대로(大路) 위를
하돈(河豚)인 듯 곤두박치게 할까.

미칠 듯이 달리는
낯설은 지프 20세기와
돌멩이 하나로 도전(挑戰)해 볼까.

금시 세상이 끝날 듯한 향락이
무르익는 샹들리에의 창(窓)으로
원자탄이나 던져나 볼까.

하마 하늘을 찌를 듯한 빌딩 위에
휘황히 번득이는 마왕(魔王)의 눈깔들을
화살 삼아 견줘나 볼까.

이도 저도 아니라면
세기의 담판이 벌어진 석조전(石造殿)에
평화의 사절로 달려 보낼까.

밤일수록
병드는 거리에
어리석은 사나이와
발길에 차인 돌멩이와

온 곳도 모르고
갈 곳도 모르고

구정물보다 질펀한 포도(鋪道) 위에
뭇 오고 가는 사람 발에 채서
이리 구을고
저리 구을다.

# 고모역顧母驛

고모역을 지나칠 양이면
어머니가 기다리신다.
대문 밖에 나오셔 기다리신다.
이제는 아내보다도 별로 안 늙으신
그제 그 모습으로
38선 넘던 그날 바래주시듯
행길까지 나오셔 기다리신다.

천방지축 하루해를 보내고
책가방에 빈 도시락을 쩔렁대며
통학차(通學車)로 돌아오던 어릴 때처럼
이제는 아버지가 돌아가실 때만큼이나
머리가 희어진 나를
역까지 나오셔 기다리신다.

이북 고향에 홀로 남으신 채
그 생사조차 모르는 어머니가
예까지 오셔서 기다리신다.

# 송악松嶽 OP에서

9월 하늘에 뭉게구름이
무심히 북으로 흘러간다.

관망대 사판(沙板)에는
휴전선 철조망 이쪽, 저쪽에
전투의 요새들이 산재하건만

내 시계(視界)에 들어오는 것은
그저 푸른 들과 숲과 산이 잇닿아 있고
유화(油畵)처럼 단장한 마을들과
정자(亭子)처럼 오뚝한 초소들이
태평스럽기만 한 풍정(風情)인데

비무장지대(非武裝地帶)라고 가리키는 곳에
증기차(蒸氣車)의 화통(火筒) 하나가
우리의 녹슨 사념(思念)의 퇴적인 듯
남북의 레일이 끊긴 그날

그 모습, 그 채로 멈춰 있었다.

# 창세기의 재음미

인류의 시조 아담과 이브는
전능자가 되려는 그 욕망에서
유한한 존재로서의 분수를 저버리고
금단의 열매를 따먹음으로써
물리고(物理苦)와 윤리고(倫理苦)를
자초하였거니와

그 후손인 오늘의 인간, 우리 역시
과학기술 만능이라는 환상에 빠져서
하늘과 땅과 공기와 물을 결딴내며
지구의 자멸이 머지않다면서도 한편

강대국부터가 핵폭탄을 만들고 실험하며
약소국에겐 금지하고 달래고만 있지만
그 언제 그 어느 곳에서 그 누가
버튼 하나 잘못 누르기만 하다면

인류의 종말은 어이없이 오고야 말리니

생각하건대 아담 이브는 일을 저지르고선
숲 속으로 숨고 잎새로 알몸을 가리며
스스로 두려움과 부끄러움을 알았건만

오늘의 인간들은 한계상황에 이르고도
서로가 탓하고 서로들 미루기만 하니
이 일을 어쩌면 좋으랴, 어쩐단 말이냐?

오늘의 인간들이여! 그대들도
인간의 유한성과 상대성을 깨우쳐서
하늘을 우러르고 땅을 굽어보며
두려움을 알라! 부끄러움을 알라!

노아의 홍수를 설화로 알지 말라!
소돔과 고모라를 비유로 알지 말라!
바벨탑의 교훈을 오늘도 되새기라!

---

* 물리고  생로병사와 천재지변
* 윤리고  인간의 성악적(性惡的)인 면에서 오는 고민과 고통

작품해설

# '생성'과 '긍정'의 비대립적 시 세계

## 김재홍
시인·문학평론가

## 개인사에 투영된 민족의 디아스포라

　구상 시인은 1919년 서울에서 태어나 2004년 작고했다. 식민지 조선에서 태어나 일제의 폭압과 태평양전쟁과 한국전쟁, 4·19와 5·16과 경제개발 시대와 민주화 시대를 거쳐 월드컵 4강 신화로 상징되는 2000년대 문화 융성기의 한국을 살다 갔다. 모든 것을 상실한 절망의 시대로부터 모든 것이 가능한 희망의 시대에 이르기까지 구상 시인은 일관된 생성과 긍정의 시적 사유를 통해 비대립적 시 세계를 물려주었다.

　나라를 빼앗긴 민족사적 위기와 냉혈의 이념적 패권주의로 인한 동족상잔은 민족의 디아스포라만 유발한게 아니라 구상에게도 분단과 이산의 날카로운 상처를 남겼다. 1946년 원산에서 시집《응향(凝香)》필화 사건에 연루되어 황급히 월남할 때 그는 어머니와 생이별하게 되었다. 또 가톨릭 사제로 사목 활동을 하던 형 구대준 가브리엘 신부와도 헤어지게 되었다.

오늘날 대구광역시 수성구의 '고모역 복합문화공간'으로 조성된 '고모역'에는 동명의 시비가 세워져 있다. "고모역을 지나칠 양이면 / 어머니가 기다리신다 / 대문 밖에 나오셔 기다리신다 / 이제는 아내보다도 별로 안 늙으신 / 그제 그 모습으로 / 38선 넘던 그날 바래주시듯 / 행길까지 나오셔 기다리신다"(〈고모역〉 부분). 총탄으로 갈라놓은 혈육의 정을 그리는 시인의 마음이 사무치게 다가온다. 형 구대준 신부도 1949년 북한 치하의 원산 수녀원에서 체포돼 1950년 6월 25일 이후 행방불명되어 평양인민교화소에서 순교했다.

　　분단의 시간이 길어지는 만큼 남북 동포의 생활 터전은 완연히 이질화되고 있다. 정치, 경제, 사회, 문화, 예술…. 이제는 통일이 되어도 단기간에 동질성을 회복하고 개인과 민족의 보편적 가치 위에서 활력적인 협생의 공동체를 복구하는 것이 요원한 일이라는 비관적 전망이 설득력을 얻고 있다. 단일한 원인이 하나의 결과를 낳고, 하나의 범죄가 단일한 판결로 속죄되는 차원을 넘어 민족사의 심층을 파고든 디아스포라가 "차라리 뼈를 저리"(정지용, 〈장수산 1〉 부분)운다.

　　개인사에 투영된 민족의 디아스포라 속에서도 구상은 일생을 시인이자 교육자, 언론인으로 살며 한국 현대

시사(詩史)에 가톨리시즘을 바탕으로 한 시적 사유와 형이상학적 존재론, 휴머니티의 실천이라는 시적 변주를 통해 빛나는 시적 성취를 남겼다. 그는 해방 전 〈북선매일신문〉 기자 생활을 하면서 지방지에 작품을 발표하고 동인 활동을 하면서 시인으로서의 삶을 시작했다. 월남 이후 한국전쟁 기간에는 종군작가단의 중심적 역할을 하며 시인으로서 본격적인 활동을 펼쳤다.

1951년 첫 시집 《구상》 발간 이후 시선집과 전집을 제외하고도 신작 시집과 신앙 시집을 묶어 10여 권이 넘는 창작 시집을 냈으며, 수필집·수상집·자전 시문집·서간집 등도 10여 권 상재했다. 또한 영국·독일·프랑스·일본·이탈리아어로 번역한 시집을 포함해 시선집·시화집을 발간하는 등 광범위하게 활약했다. 노벨문학상 후보에 두 번이나 오르는가 하면 서울시 문화상, 대한민국 문학상 본상, 대한민국 예술원상을 수상했으며 금성화랑 무공훈장, 국민훈장 동백장, 금관문화훈장을 수훈하기도 했다.

구상은 교육자이기도 했다. 1949년 서라벌예술대학 전신인 서라벌예술학원 강사를 시작으로 2000년 중앙대학교 예술대학 및 대학원 대우교수까지 51년 동안 후학들에게 문학과 시를 가르쳤다. 이 밖에도 효성여자대학교, 서울대학교, 서강대학교, 하와이대학교, 가톨릭대학교 등에서 강의하면서 그는 교육자로서 한국 현대문학을 이끌어갈 인재 양성에 크게 이바지하였다.

또한 구상은 언론인이기도 했다. 1942년 〈북선매일신문〉 기자를 시작으로 1965년 〈경향신문〉 논설위원 겸 동경지국장을 역임하기까지 20년 이상 현역 언론인이었다. 이들 두 매체 외에도 〈연합신문〉 문화부장(1948~1950)과 〈승리일보〉 주간(1950~1953), 〈영남일보〉 주필 겸 편집국장(1953~1957) 등으로 일하며 일선 기자만 아니라 소속 매체의 취재 전략과 논조까지 결정하는 비중 있는 역할을 수행했다.

다채로운 구상의 연보에서 특별히 주목되는 점은 1938년 함경남도 덕원군 성 베네딕도 수도원 부설 신학교 중등과를 수료한 사실이다. 그가 '세례자 요한'이라는 세례명을 가진 가톨릭 신자로서 사제가 되기로 작정했던 점은 그의 시 세계를 파악하는 데 중요한 고려 사항이기도 하다. 또 니혼대학 전문부 종교과를 졸업한 것도 그의 시에 보이는 사유와 미의식을 이해하는 데 중요한 연대기적 정보라 할 수 있다.

## 비대칭·비대립적 세계관

하나는 비대칭이다. 대자적 존재가 상정되지 않는 하나에 대칭은 있을 수 없다. 만일 하나의 사유가 전체주의만 아니라면, 어떤 하나도 여럿과 대립하지 않는다. 대자적 동일성을 거부함으로써 오히려 여럿의 개별성을 얻게 된다. 하나와 여럿의 통일은 모순이 아니며 겹겹이 주름진 중층적 세계의 객관적 실재이다.

세계는 언제나 여럿의 절대적 규준을 따라 펼쳐진다. 동시에 세계는 하나의 절대적 규준에 따라 무한히 포함된다. '펼쳐진' 세계와 '포함된' 개별자들은 결국 여럿과 하나의 통일을 이룬다. 라이프니츠가 모나드(monad)는 세계를 향한 창(窓)을 가지고 있지 않다고 한 것은 이러한 일의적 통일성을 사유한 때문이다. 온 세상을 포함하고 있는 '단 하나'의 모나드는 자신(개별자)이 곧 세계이므로 그것을 향한 창을 가질 필요가 없다.

이는 물질과 비물질을 사건(event)의 존재론으로 통합한 스토아주의자들 이래 둔스 스코투스와 스피노자와 라이프니츠를 거쳐 베르그송과 화이트헤드와 들뢰즈에 이르는 유구한 일원론적 사유가 보여 주는 긍정의 윤리학을 가능케 하는 근거이다. 물리적 대칭은 윤리적 대립의 상관항이다. 이데아든 에이도스(아리스토텔레스)든 세계를 둘(혹은 셋, 넷)로 나누는 이원론적 사유가 아니라면 대칭은 사라진다. 대칭이 사라지면 대립도 무화된다.

이러한 사유는 또 "하느님께서는 우리에게 당신의 영을 나누어주셨습니다. 우리는 이 사실로 우리가 그분 안에 머무르고 그분께서 우리 안에 머무르신다는 것을 압니다"(요한1서 4,12)라고 한 그리스도교적 일원론과도 닿는다. 내가 포함하고 있는 하느님이 동시에 나를 포함하고 있다는 형용모순에 가까운 '포함'의 관계가 이해될 때 세상 어느 것과도 대립하지 않는 진정한 대긍정의 사유가 가능해진다.

여럿과 하나의 통일만큼 이들의 동시적 존재는 은유가 아니며, 이들의 상호 침투와 유기적 연쇄도 실체이다. 여럿은 언제나 하나로 하강과 상승의 수직적 운동을, 하나는 언제나 여럿으로 펼침과 접힘의 수평적 운동을 행한다. 여럿과 하나의 운동은 영원하다. 시작도 없고 끝도 없는 무한한 운동 속에서 하나는 모두를 포함한다. "하나의 순환, '하나 안에 전체가', 즉 하나-여럿과 여럿-하나가 하나-하나와 여럿-여럿에 의해 완성되는 순환이 실존한다"(질 들뢰즈, 《주름, 라이프니츠와 바로크》).

어머니와의 생이별, 형의 순교와 같은 개인사적 불운에도 불구하고 이를 분노와 복수심의 정당화 근거로 삼지 않은 것은 구상이 가톨릭 신자로서 한때 사제가 되려 했을 뿐 아니라 종교학을 공부하는 과정에서 철학사의 일원론 전통을 사숙한 때문일 터이다. 그가 일의적 사유와 대긍정의 윤리를 시화할 수 있었던 것은 바로 이러한 바탕을 가지고 있었기에 가능했다.

가톨리시즘의 본질은 그의 시 〈나자렛 예수〉에 특유의 어법과 언술로 그대로 나타난다. 예수의 삶을 '육화와 죽음과 부활'이라는 세 마디로 정리하고, 그러한 삶은 곧 인간의 구원을 위한 것이었음을 드러냈다. 구상은 가톨리시즘과 일원론적 철학을 통섭하고, 시적 사유와 시적 변주를 일치시킴으로써 한국 현대 시사에서 가장 돋보이는 형이상학적 시업을 성취할 수 있었다.


내가 탯줄에서 떨어지자 맺어져
나의 삶의 바탕이 되고, 길이 되고,
때로는 멀리하고 싶고 귀찮게 여겨지고,
때로는 좌절과 절망까지 안겨 주고,
때로는 너무나 익숙하면서도
생판 낯설어 보이는 당신,
당신의 참모습은 과연 어떤 것인가?

당신은 사상가가 아니었다.
당신은 도덕가가 아니었다.
당신은 현세의 경륜가가 아니었다.
아니, 당신은 종교의 창시자도 아니었다.

그래서 당신은 어떤 지식을 가르치지 않았다.
당신은 어떤 규범을 가르치지 않았다.
당신은 어떤 사회혁신운동을 일으키지 않았다.
또한 당신은 어떤 해탈을 가르치지 않았다.

한편 당신은 어느 누구의 과거 공적이 있고 없고를
따지지 않았고
당신은 어느 누구의 과거 죄악의 많고 적음을 따지지
않았고
당신은 실로 이 세상 모든 사람의 생각이나 말을 뒤엎고

'고생하고 무거운 짐을 지고
허덕이는 사람은
다 내게로 오라,
내가 편히 쉬게 하리라'고
고통받는 인류의 해방을 선포하고

다만, 하느님이 우리의 아버지시오,

그지없는 사랑 그 자체이시니
우리는 어린애처럼 그 품에 들어서
우리도 아버지가 하시듯 서로를 용서하며
우리도 아버지가 하시듯 다함없이 사랑할 때

우리의 삶에 영원한 행복이 깃들고
그것이 곧 〈하느님 나라〉라고 가르치고
그 사랑의 진실을 목숨 바쳐 실천하고
그 사랑의 불멸을 부활로써 증거하였다.

— 〈나자렛 예수〉 부분

"아니었다", "않았다"를 반복하면서 가락을 형성하고 의미를 강화하는 수사적 기교도 물론이지만, (1)예수와 자신의 만남, (2)예수의 생애, (3)예수의 의미에 대한 성찰을 통해 대칭과 대립이 사라진 대긍정의 윤리학에 이르는 장쾌한 시적 흐름이 보인다. "하느님이 우리의 아버지"시고, "그지없는 사랑" 그 자체라는 종교적 메시지가 "그 품에 들어서" 서로 용서하며 사랑하라는 윤리적 전언으로 변주되고, '지식'이나 '규범'과 같은 것을 가르치지 않음으로써 스스로 도그마가 되고 타자가 되는 이원론을 벗어났다는 형이상학적 통찰도 보인다.

구상은 평생의 시작을 통해 비대칭·비대립의 시적 사유를 크게 세 가지 양상으로 표현했다. 첫째, 존재와 존재자의 구별을 통해 '홀로서기'와 '함께 있음'이 대립되지 않은 하나의 양상이라는 고독의 존재론이다. 둘째, '하나와 여럿' 혹은 '하나들과 여럿들'을 대립시키지 않는 일의적 존재론이다. 셋째, 인간에 대한 한없는 애정의 표현인 예수의 탄생과 같이 시인 특유의 휴머니티와 진실에의 지향이 그것이다. 이를 통해 구상은 한국 현대 시사에서 유사한 사례를 찾기 힘든 종교적 신성성에 바탕한 시적 사유와 대긍정의 시적 양상을 보여 주었다.

## '전쟁'과 '평화'의 시적 양상

대칭과 대립을 벗어난다는 것은 세계를 둘(혹은 셋, 넷)로 나누는 방식이 아니라 무한한 '생성'의 사건으로 인식하는 일이다. "세계는 일어나는 모든 것이다"(루트비히 비트겐슈타인, 《논리-철학 논고》). 세계는 규범화되고 규격화된 코드(code)로 환원되지 않는 우발적 생성의 집합이다. 포함하고 포함되는 존재자들이 접히고 펼쳐지는 세계, 카오스와 코스모스가 동의어가 되는 세계를 인식할 때

물리적 대칭과 이념적 대립을 벗어날 수 있다.

　구상의 생성적 사유는 물론 일의적 존재론과 그리스도교적 일원론에서 연원한다. 구상에게 그것은 이음동의어에 가깝다. '나'와 '너'를 상대하고, '이것'과 '저것'을 구별하지 않을 때 시인은 '적군묘지 앞에서'도 다음과 같은 시행을 낳을 수 있다.

　어제까지 너희의 목숨을 겨눠
　방아쇠를 당기던 우리의 그 손으로
　썩어 문드러진 살덩이와 뼈를 추려
　그래도 양지바른 두메를 골라
　고이 파묻어 떼마저 입혔거니
　죽음은 이렇듯 미움보다도 사랑보다도
　더욱 신비스러운 것이로다.

　　　　　　　－〈초토의 시·8 － 적군묘지 앞에서〉 부분(제2연)

　주목해야 할 연대기적 정보는 이 작품의 출간 시기가 1956년이라는 점이다. 구상은 1952년부터 1956년까지 현재 대구가톨릭대학교로 통합된 효성여자대학교에서 문리과대학 부교수로 재직한 바 있다. 그렇다면 〈초토의 시〉 연작은 그의 종군 체험과 더불어 다부동

전투와 같은 격전의 흔적이 고스란히 남아 있던 대구와 칠곡 등 그 주변 지역에서의 생활이 바탕이 되었음을 추정해 볼 수 있다.

짐작하건대 무너진 건물과 부서진 잔해들이 여기저기 나뒹굴고, 전사자와 부상병과 그 유가족의 비탄이 끊이지 않는 혼란 속에서 그는 "죽음은 이렇듯 미움보다도 사랑보다도 / 더욱 신비스러운 것"이라고 표현했다. 살아서 나와 나의 가족과 나의 친구들을 죽이고 죽인 적들의 "썩어 문드러진 살덩이와 뼈를 추려" 양지바른 두메에 떼까지 입혀 묻어 주기에 1956년은 너무 이른 시간이었다.

구상의 '생성'과 '긍정'의 비대립적 시 세계를 대표하는 작품 가운데 하나이므로 여기에 전문을 다시 인용한다.

오호, 여기 줄지어 누웠는 넋들은
눈도 감지 못하였겠구나.

어제까지 너희의 목숨을 겨눠
방아쇠를 당기던 우리의 그 손으로
썩어 문드러진 살덩이와 뼈를 추려
그래도 양지 바른 두메를 골라

고이 파묻어 떼마저 입혔거니
죽음은 이렇듯 미움보다도 사랑보다도
더욱 신비스러운 것이로다.

이곳서 너와 너희의 넋들이
돌아가야 할 고향땅은 30리면
가로막히고
무주공산(無主空山)의 적막만이
천만 근 나의 가슴을 억누르는데

살아서는 너희가 나와
미움으로 맺혔건만
이제는 오히려 너희의
풀지 못한 원한이
나의 바람 속에 깃들어 있도다.

손에 닿을 듯한 봄 하늘에
구름은 무심히도
북으로 흘러가고
어디서 울려오는 포성 몇 발
나는 그만 은원(恩怨)의 무덤 앞에
목놓아 버린다.

− 〈초토의 시·8 − 적군묘지 앞에서〉 전문

〈초토의 시〉연작은 모두 15편으로 이루어져 있다. 도처에 미만한 전쟁으로 인한 상처가 시편마다 등장한다. 1편에는 "판잣집 유리딱지에 / 아이들 얼굴이 / 불타는 해바라기마냥 걸려 있"는 모습이 나오고, 2편에는 어느 흑인 병사의 아이인 듯 '흑요석(黑曜石)' 같은 '검둥애'를 데리고 열차를 탄 아낙네의 피곤한 몰골이 나온다. 4편에는 "이 눈물 나는 족속들은 땅으로 땅으로 떨어져만 가는 고개를" 안타까이 바라보는 시선이 나오고, 12편에는 "빛 속에서 어둠이 스러"지기를 바라는 열망이 나온다. 그리고 마침내 15편에서는 "영욕(榮辱)의 해골마저 타버린 / 폐허 위에다 / 이 봄에도, 우리 모두 / 목숨의 씨를 뿌리자"는 강렬한 청원을 외치고 있다.

나 너를 맞노라
찢어져 피묻은 가슴
조각조각 흔들어
나 너를 맞노라

여기는 나의 원수와
원수를 기르는 벗들이
마주 서는 곳
네가 나를 탓하지 않듯이

나도 너를 탓하지 않고
너를 세월이라고 맞노라.

- 〈초토의 시·13 - 송영보(送迎譜)〉 부분

여기서도 보이듯이 구상의 비대립적 세계관은 '원수'를 탓하지 않고 '세월'로 맞이한다. "나 너를 맞"는 것은 대칭에서 비대칭으로, 대립에서 비대립으로 인식론적 전환이 이루어질 때 가능한 일이다.

그런데 구상은 적군의 시체를 묻어 주고 원수를 세월로 맞아 주기만 한 게 아니다. 비록 상대의 남침으로 전개된 동족상잔의 전쟁이었지만, 자신이 그에 대항해 맡았던 일에 대해서도 통렬하게 반성한다.

지금 생각하면
브래지어를 차고 여장(女裝)을 한 것보다
정보수(情報手)가 된 나의 꼴이 더 우습다.

내가 작성하는 모략선전문(謀略宣傳文)들을
순정(純情)의 혈서(血書) 쓰듯 했다.

그때 내가 가장 미워한 것은
감미로운 서정이요,

자연에의 흥취와 그 귀의였다.

– 〈모과 옹두리에도 사연이 · 26〉 부분

구상은 "정보수(情報手)가 된 나"에 각주를 달아 "1949
년 육군 정보국의 요청에 의해 연합신문의 문화부장이
던 나는 '문총(文總)'의 파견원으로 소위 HID의 촉탁이
된다"라고 밝혔다. 그가 만일 이원론적 대칭과 대립주
의자였다면 이와 같은 반성적 성찰에 도달하지 못했을
터이다. 괴뢰 인민군을 적대시하고 그에 대항하는 '나'
에게 윤리적 정당성을 부여한 채 승리의 영광을 노래
했을 것이다.

그러나 이 작품에서 보듯 구상은 정보수가 되었던
자신을 "브래지어를 차고 여장(女裝)을 한 것보다" 우습
다고 밝혔다. 대립의 관점에 갇혀 전공을 내세우는 게
아니라 오히려 모욕적 언사로 자신을 질책함으로써 그
는 '어느 한 편'이 아니라 '모두의 편'이 되었다. 이와 같
은 성취는 북한의 체제 옹호 시편들이나 남한의 이른바
60~80년대 참여시 계열 작품에서는 볼 수 없는 대긍정
의 시적 사유라 할 수 있다.

대전에서 정보부대 정치반원으로 배속되어
공산당들 총살장에 입회를 하고 돌아오다
어느 구멍가게에서 소주를 마시는데
집행리였던 김 하사의 술회,

"해방 전 저는 일본 히로시마(廣島)에 살았는데
 그때 어쩌다 행길에서 동포를 만나면
 그렇게 반갑더니, 바로 그 동포를
 제 손으로 글쎄, 쏴죽이다니요……
 그것도 무더기로 말입니다……
 망할 놈의 주의(主義)…… 그 허깨비 같은
 주의(主義)가 도대체 무엇이길래……
 그놈의 주의(呪醫)가 원숩니다……"
하고 그는 "으흐흐……" 흐느꼈다.

나는 전란(戰亂)을 치르면서나, 30년이 된 오늘이나
저 김 하사의 표백(表白),
"망할 놈의 주의(主義)…… 그 허깨비 같은
 주의(主義)가 도대체 무엇이길래……
 그놈의 주의(呪醫)가 원숩니다……"

보다 더 또렷한 6·25관을 모른다.

　　　　　　　　－〈모과 옹두리에도 사연이·27〉 부분

기우일지 모르나 여기서 한 가지 분명히 짚어 둬야 할 점은, 적군의 시체를 수습하는 일이나 국군 정보수 였던 자신에 대한 반성이 공산주의나 북한 체제에 대한 유화적인 시선이라거나 자유민주주의 체제에 대한 비판이라는 오해로 이어져서는 안 된다는 것이다. 그 것은 생성과 긍정의 비대립적 시 세계를 보여 준 구상 의 시적 사유에 대한 몰지각한 오독을 넘어 민족의 미 래를 다시 위험에 빠뜨릴 수 있는 심각한 문제로 이어 지는 일이다.

　세습 정치 체제를 구축하고 전체주의적 독재를 일삼 고 있는 북한을 비판할 수 있는 근거는, 남한 정치사에 명멸한 독재와 반민주를 향해서도 날카로운 직언을 서 슴지 않았던 언론인 구상의 비대립적 세계관이 있었다 는 사실을 잊어서는 안 될 터이다. 대립의 상관항 가운 데 하나를 선택하는 것은 결코 비대립이 아니다. 대립 자체를 소거하는 것이 비대립이며, 구상은 바로 그것 을 추구했다.


　나는 어디서 날아온지 모르는
　메시지 한 장을 풀려고
　무진 애를 쓰다 돌아왔다.

(…중략…)

아마 그것은 베트콩이 뿌린
전단(傳單)인지 모른다.

아마 그것은 나트랑 고아원서 만난
월남 소년의 장난인지 모른다.

아마 그것은 어느 특무기관이
나의 사상을 시험하기 위한
조작인지 모른다.

아마 그것은 로마 교황의
평화를 호소하는
포스터인지 모른다.

아니 그것은 우리의 어느 용사가
남겨놓고 간 유서인지 모른다.

마치 그것은
흐르는 눈물 모양을 하고 있었다.

― 〈모과 옹두리에도 사연이·71〉 부분

구상은 베트남전 현장도 찾았다. 많은 수의 작품을 남기지는 않았지만, 이 시편에서 보듯 대립을 무화시키는 시적 경영을 하고 있다. 베트콩 ↔ 월남 소년 ↔ 특무기관 ↔ 로마 교황 ↔ 어느 용사의 유서가 열거되면서, 그 지향은 '눈물'로 수렴되고 있다. 한마디로 모두에게 '눈물'이 된 베트남전이라는 전언이 뚜렷이 각인되어 있다. 대립이 야기한 전쟁을 비대립의 눈물로 환기시킨 시적 사유가 예리하다.

까옥 까옥
– 으스스하지?
까옥 까옥
– 한여름인데!
까옥 까옥 까옥
– 시청 옥상에 매가 나타났다며?
까옥 까옥 까옥
– 마구 비둘기를 채간다나 봐.
까옥 까옥 까옥 까옥

– 〈까마귀·7〉 부분

카옥 카옥 카옥 카옥

그대들의 삶이 오늘 이대로 가다가는
김정일의 오판도 하늘이 모른 체하리니
서울이 불바다가 되기를 자초하지 말고
백성들이여! 한시바삐 회개하라!

카욱 카욱 카욱 카욱

- 〈까마귀·11〉 부분

〈까마귀〉 연작은 1981년 출간되었다. 까마귀와 매로 상징되는 피해자와 가해자 혹은 약자와 강자의 대립 구도가 보이는 〈까마귀·7〉과 북한의 김정일에 대비되는 남한의 백성을 지시하는 또 다른 대립 구도가 드러난 〈까마귀·11〉을 통해 다소 이례적인 발상을 볼 수 있다. 그러나 이들 시편이 단시가 아니라 연작시임을 고려해 작품 전반을 살펴보면 다시 대립의 구도는 무너지고 비대립적 생성과 긍정이 전면화된다. 역시 구상의 시적 터전은 대립과는 무연하다.

주지하다시피 한국 현대 시사에서 구상은 연작시 형식의 개척자로 불리고 있다.《초토의 시》를 필두로《밭일기》,《그리스도 폴의 강》,《까마귀》,《모과 옹두리에도 사연이》,《유치찬란》등 다른 시인들과 확연히 구별되는 많은 연작시를 시작 활동 전 기간에 걸쳐 꾸준히 창작했다. 양적으로 방대할 뿐만 아니라 질적으로도 그의 대표작들을 두루 포함하고 있다. 전쟁과 평화의 시편들을 모은 이번 시선집에서도 연작시가 다수를 차지하는 이유는 바로 이 때문이다.

구상은 연작시를 천착하게 된 사연을 다음과 같이 말한 적이 있다.

> 나 같은 사람은 촉발생심(觸發生心)이나 응수소매격(應酬小賣格)인 시를 써 가지고선 도저히 사물의 실재를 파악하지 못할 뿐 아니라 존재의 무한한 다면성이나 복합성을 조명해 내지 못하기 때문에 한 제재를 가지고 응시를 거듭함으로써 관입실재(觀入實在)해 보려는 의도에서였다. 또한 이러한 한 사물이나 존재에 대한 주의집중에서 오는 투철은 곧 모든 사물이나 존재에 대한 투시력을 획득할 수 있으리라는 관점에서였는데 어느 정도 이의 실천에서 자기 나름의 성과를 거두었다고 생각한다.
>
> ─《말씀의 實相》중에서

요컨대 존재의 무한한 다면성과 복합성을 조명해 내기 위해 한 제재 자체를 깊이 있게 응시하는 과정에서 자연히 연작시에 집중하게 되었고, 이를 통해 "모든 사물이나 존재에 대한 투시력을 획득할 수 있"었다는 발언이다. 스토아주의 이래 면면히 이어진 일의적 사유를 목적의식을 가지고 시화했다는 고백이다. 하나-여럿이 무한히 접히고 펼쳐지고 되접히는 노마드적 존재론을 구상은 명확히 인식하고 있었다.

이번에 발간되는 시선집은 구상의 다면성과 복합성 가운데 전쟁과 평화를 제재로 한 작품들로 구성되었다. 물론 그의 시 세계 전반은 생성과 긍정의 비대립적 지평 위에 있으나, 제재의 맥락에서 독자들의 이해를 돕기 위해 선별되었다는 의미이다.

그런 점에서 《구상 시인의 전쟁과 평화의 시 – 적군 묘지 앞에서》는 우선 직접적으로 전쟁과 평화를 표상하는 작품들을 통해 그의 반전 평화 사상을 이해할 수 있을 터이며, 다음으로는 개인사에 투영된 민족의 디아스포라 속에서도 그가 전 생애에 걸쳐 추구한 형이상학적 사유와 대긍정의 시적 실천의 뿌리를 알 수 있겠다. 이를 통해 독자들은 민족 수난기에 태어나 문화 융성기에 세상을 떠난 한 세대 가운데에서 구상이 차지하는 문학사적 성취가 자기 시대의 한계를 뛰어넘는 것이었음을 확인할 수 있을 것으로 기대한다.

파주 적군묘지

## 구상 시인 연보

| | |
|---|---|
| 1919.9.16 | 서울 종로구 이화동 642  출생 |
| 1923 | 함경남도 문천군 덕원면 어운리로 이주 |
| 1938 | 함경북도 원산 덕원 성베네딕도 수도원 |
| | 부설 신학교 중등과 수료 |
| 1941 | 일본대학 전문부 종교과 졸업 |
| 1953 | 경상북도 왜관 정착 |
| 1960 | 서울로 이사 |
| 1971~2004 | 서울 영등포구 거주 |
| 2004. 5.11 | 작고 |

### 언론계

| | |
|---|---|
| 1942~1945 | 북선매일신문사 기자 |
| 1948~1950 | 연합신문사 문화부장 |
| 1950~1953 | 국방부 기관지 승리일보사 주간 |
| 1953~1957 | 영남일보사 주필 겸 편집국장 |
| 1961~1965 | 경향신문사 논설위원 겸 동경지국장 |

### 교육계

| | |
|---|---|
| 1952~1956 | 효성여자대학교 문리과대학 부교수 |
| 1956~1958 | 서울대학교 문리과대학 강사 |
| 1960~1961 | 서강대학교 문리과대학 전임강사 |
| 1970~1974 | 하와이대학교 극동어문학과 조교수 |

| 1973~1975 | 가톨릭대학 신학부 대학원 강사 |
| 1982~1983 | 하와이대학교 부교수 |
| 1985~1986 | 하와이대학교 부설 동서문화연구소 |
| | 예우작가 |
| 1976~1999 | 중앙대학교 예술대학 문예창작과 대우교수 |

## 문화계

| 1979~2004 | 대한민국 예술원 회원 |
| 1986 | 제2차 아세아 시인회의 서울대회장 |
| 1991 | 세계시인대회 명예대회장 |
| 1993 | 제5차 아세아 시인회의 서울대회장 |
| 1991~2004 | 국제펜클럽 한국본부 고문 |
| 2001~2004 | 한국문인협회 고문 |

## 상 훈

| 1955 | 금성화랑 무공훈장 |
| 1957 | 서울시 문화상 |
| 1970 | 국민훈장 동백장 |
| 1980 | 대한민국 문학상 본상 |
| 1993 | 대한민국 예술원상 |
| 2004 | 금관문화훈장 |

## 저작 연보

1946    함경북도 원산에서 시집 《응향》에 작품이 수록되어
       필화를 입음.

1951    시집 《구상》(청구출판사) 펴냄.

1953    사회평론집 《민주고발》(남향문화사) 펴냄.

1956    시집 《초토의 시》(청구출판사) 펴냄.

1961    수상집 《침언부어(沈言浮語)》(민중서관) 펴냄.

1975    《구상 문학선》(성바오로출판사), 수상집 《영원 속의
       오늘》(중앙출판공사) 펴냄.

1977    수필집 《우주인과 하모니카》(경미문화사), 신앙 에세이
       《그리스도 폴의 강(江)》(성바오로출판사) 펴냄.

1979    묵상집 《나자렛 예수》(성바오로출판사) 펴냄.

1980    시집 《말씀의 실상》(성바오로출판사) 펴냄.

1981    시집 《까마귀》(홍성사), 시문집 《그분이 홀로서 가듯》
       (홍성사) 펴냄.

1982    수상집 《실존적 확신을 위하여》(홍성사), 동화 《우리
       집 털보》(동화출판공사) 펴냄.

1984    자전시집 《모과 옹두리에도 사연이》(현대문학사),
       시선집 《드레퓌스의 벤취에서》(고려원) 펴냄.

| | |
|---|---|
| 1985 | 수상집 《한 촛불이라도 켜는 것이》(문음사), 서간집 《딸 자명에게 보낸 글발》(범양사), 《구상 연작시집》(시문학사) 펴냄. |
| 1986 | 《구상 시전집》(시문당), 수상집 《삶의 보람과 기쁨》(자유문학사), 파리에서 불역(佛譯) 시집 《타버린 땅 (TERRE BRÛLÉE)》(THESAURUS) 펴냄. |
| 1987 | 시집 《개똥밭》(자유문학사) 펴냄. |
| 1988 | 수상집 《시와 삶의 노트》(자유문학사), 시집 《다시 한 번 기회를 주신다면》(종로서적), 시론집 《현대시 창작 입문》(현대문학사), 이야기 시집 《저런 죽일 놈》(지성 문화사) 펴냄. |
| 1989 | 시화집 《유치찬란》(삼성출판사) 펴냄. |
| 1990 | 한영 대역(對譯) 시집 《신령한 새싹(Mysterious Buds)》(세명서관), 영역(英譯) 시화집 《유치찬란(Infant Splendor)》(삼성출판사), 런던에서 영역(英譯) 시집 《타버린 땅(WASTELANDS OF FIRE)》(FOREST BOOKS) 펴냄. |
| 1991 | 런던에서 영역(英譯) 연작시집 《강과 밭(A Korean Century-River & Fields)》(FOREST BOOKS) 펴냄. 시선 집 《조화(造化) 속에서》(미래사) 펴냄. |
| 1993 | 자전 시문집 《예술가의 삶》(혜화당) 펴냄. |

| 1994 | 독일 아헨에서 독역(獨譯) 시선집 《드레퓌스의 벤치에서(Auf der Bank von Dreyfus)》(KARIN FISCHER VERLAG) 펴냄. 희곡·시나리오집 《황진이(黃眞伊)》(백산출판사), 연작시집 《그리스도 폴의 강》(삼성출판사) 펴냄. |
|---|---|
| 1995 | 수필집 《우리 삶, 마음의 눈이 떠야》(세명서관) 펴냄. |
| 1996 | 연작시선집 《오늘 속의 영원, 영원 속의 오늘》(미래문화사) 펴냄. |
| 1997 | 프랑스 라 디페랑스 출판사로부터 세계 명시선의 하나로 선정되어 한불대역(韓佛對譯) 시집 《오늘·영원(Aujourd'hui l'éternité)》(LA DIFFÉRENCE) 펴냄. 스톡홀름에서 스웨덴어역 시집 《영원한 삶(Det eviga livet)》(VUDYA KITABAN) 펴냄. 영국 옥스퍼드대학 출판부에서 출간한 《신성한 영감—예수의 삶을 그린 세계의 시》에 신앙시 4편이 수록됨. |
| 1998 | 도쿄에서 일역(日譯) 《한국 3인 시집 – 구상·김남조·김광림(韓國三人詩集—具常/金南祚/金光林)》(土曜美術社出版販賣) 펴냄. 시집 《인류의 맹점에서》(문학사상사) 펴냄. |
| 2000 | 한영 대역 시선집 《초토의 시(Wasteland Poems)》(도서출판 답게), 이탈리아 시에나대학교 비교문학연구소에서 영역 시선집 《구상 시선(Ku Sang Poems)》(University of Siena) 펴냄. |

| 2001 | 신앙시집 《두이레 강아지만큼이라도 마음의 눈을 뜨게 하소서》(바오로딸) 펴냄. |
|---|---|
| 2002 | 시선집 《홀로와 더불어》(황금북), 시선집 《구상》(문학사상사), 구상문학총서 제1권 자전 시문집 《모과 옹두리에도 사연이》(홍성사), 이탈리아 시에나대학교 비교문학연구소에서 영역 시선집 《타버린(Wastelands of Fire)》(University of Siena) 펴냄. |
| 2004 | 구상문학총서 제2권 시선집 《오늘 속의 영원, 영원 속의 오늘》(홍성사), 제3권 연작시집 《개똥밭》(홍성사), 한영대역 시집 《모과 옹두리에도 사연이(Even the Knots on Quince Trees)》(도서출판 답게) 펴냄. |
| 2005 | 구상문학총서 제4권 희곡·TV드라마·시나리오 전집 《황진이》(홍성사), 영역 시선집 《영원 속의 오늘 (Eternity Today)》(서울셀렉션), 이탈리아에서 한국어·이탈리아 대역 시선집 《그리스도 폴의 강(Il fiume di Cristoforo)》(CAFOSCARINA) 펴냄. |
| 2006 | 구상문학총서 제5권 시론집 《현대시 창작 입문》(홍성사) 펴냄. |
| 2007 | 구상문학총서 제6권 에세이집 《시와 삶의 노트》(홍성사) 펴냄. |
| 2008 | 구상문학총서 제7권 사회비평집 《민주고발》(홍성사), 제8권 신앙에세이·묵상집 《그분이 홀로서 가듯》(홍성사) 펴냄. |

2009    구상 선생 탄신 90주년 '구상문학상' 제정 기념 시집
        《그리스도 폴의 강》(홍성사) 펴냄.

2010    구상문학총서 제9권 에세이집 《침언부어(沈言浮語)》
        (홍성사), 제10권 에세이·동화·서간집 《삶의 보람과 기
        쁨》(홍성사) 펴냄.

2017    탄생 100주년 기념 산문집 《한 촛불이라도 켜는 것이》
        (나무와숲) 펴냄.

**구상 시인의**
**전쟁과 평화의 시**

# 적군묘지 앞에서

**초판 1쇄 찍은날** 2024년 10월 25일
**초판 1쇄 펴낸날** 2024년 11월 2일

지은이 구 상

**펴낸이** 최윤정
**펴낸곳** 도서출판 나무와숲 | 등록 2001-000095
주 소 서울특별시 송파구 올림픽로 336 910호(방이동, 대우유토피아빌딩)
전 화 02-3474-1114 | 팩스 02-3474-1113
e-mail namuwasup@namuwasup.com

ISBN 979-11-93950-08-1 03810